Oplepo

# A Italo Calvino



Biblioteca Oplepiana

N. 25

*A Italo Calvino*
a cura di Oplepo, piazza dei Martiri, 30 – 80121 Napoli (Italia)

*Prima edizione*: 2005

Ristampa: giugno 2018

Cura redazionale di Eleonora Galloni

 http://www.inriga.it

 info@inriga.it

 https://it-it.facebook.com/inrigaedizioni/

 https://twitter.com/inrigaedizioni

 https://www.linkedin.com/company/in-riga-edizioni-e-literary-agency

*Un omaggio a Italo Calvino
a vent'anni dalla scomparsa.*

Un omaggio al Calvino delle *invenzioni oulipiennes* che condivide molte idee e predilezioni con Queneau & i suoi bizzarri sodali: l'importanza delle costrizioni nell'opera letteraria, l'applicazione meticolosa di regole del gioco molto strette, il ricorso ai procedimenti combinatòri, la creazione di opere nuove utilizzando materiali preesistenti.[1]

Un omaggio allo scrittore «*membre étranger*» dell'Oulipo, «una specie di società segreta» (la definizione scherzosa è dello stesso Calvino), una singolare consorteria di letterati con la passione della matematica e di matematici con la passione della letteratura, nella quale domina il divertimento, l'acrobazia dell'intelligenza e dell'immaginazione, nella quale si pensa e si parla attraverso ghiribizzi e capriole del linguaggio e del pensiero.[2]

Un omaggio all'«elegante fumista» per il quale il divertimento consistente nello sperimentare un metodo di pensiero come un accessorio che impone regole precise e complicate può coesistere con un agnosticismo e un empirismo di fondo.[3]

Un omaggio allo sperimentatore inquieto che vede nel gioco oulipiano della costrizione un inno alla libertà d'invenzione, paradossalmente capace, come il meccanismo più artificiale, di risvegliare in noi i demoni poetici più inaspettati e segreti.[4]

Un omaggio dunque a quel Calvino lì, lo scrittore curioso, divertito nella sua labirintica e controllata spericolatezza, che non è poi così distante dagli altri Calvino possibili, e dal Calvino tutto intero, con le sue avvolgenti dissonanze che ne fanno ancora oggi uno scrittore sorprendentemente dinamico, un classico in movimento.

[1] dalla postfazione di Calvino all'edizione francese de *Le Château des destins croisés* del 1976.

[2] da «Due interviste su scienza e letteratura», in Italo Calvino, *Una pietra sopra. Discorsi di letteratura e società*, Torino, Einaudi, 1980, pp. 184-191.

[3] da un'intervista rilasciata a Maria Corti sul numero 6 della rivista *Autografo* dell'ottobre 1985.

[4] dall'articolo *Perec, gnomo e cabalista*, «la Repubblica», 6 marzo 1982, p. 18.

# Paolo Albani

## *La galleria dei destini incrociati*

La galleria *La Piramide* si trovava in una stradina del centro storico di Strasburgo, a pochi metri dalla piazza che ospita la statua di Gutenberg. Lì, da alcune settimane, era in corso una mostra fotografica curata da Arthur Lessing che aveva per tema *Il ready made e l'arte di prendere a prestito*. Con un gruppo di amici decidemmo di visitarla. Alle pareti di una grande sala esagonale erano appese le riproduzioni fotografiche, incorniciate in eleganti pannelli, dei *ready made* più significativi creati da Duchamp, Man Ray, Johns, Tinguely, César, Arman, Levine e molti altri.

Il catalogo, stampato in cinquemila copie numerate dall'editore Werner, era una scatola rivestita di una carta verde mandorla con il titolo impresso tramite un procedimento di perforazione.

La scatola racchiudeva dei fogli di carta fotografica (formato 15x21) raffiguranti le opere esposte, fogli liberi, non rilegati, che ognuno poteva visionare secondo un ordine

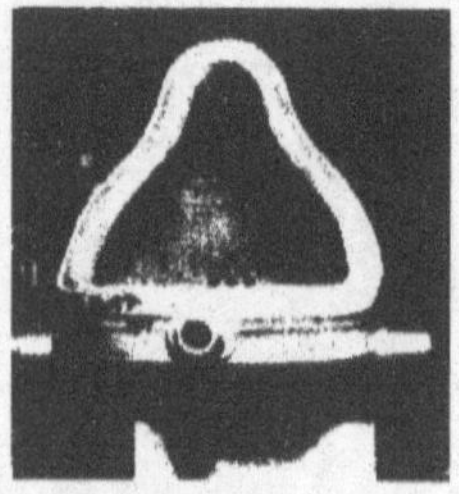

scelto a proprio piacimento. Un chiaro omaggio alla *Boîte Verte* di Duchamp.

Al momento della nostra visita (saranno state le quattro del pomeriggio) la galleria era deserta. Gli unici visitatori eravamo noi. Non vedemmo neppure la gallerista che presumibilmente stava nel suo ufficio, perché da una stanza di fianco al salone ci arrivò il suono smorzato di una voce femminile che parlava al telefono.

A un certo punto il più insofferente del gruppo, Eugenio, che cominciava ad annoiarsi, ci propose un gioco. Ci fece sedere tutti a terra, in circolo; poi, da una pila di cataloghi poggiata su un tavolino basso con il piano di vetro, ne prese uno, vi estrasse alcuni fogli (selezionò quelli di Duchamp e di Man Ray, i suoi preferiti) e, dopo averli esaminati con attenzione, cominciò a disporli sul pavimento come fossero state carte da gioco.

*Indovinate la storia che voglio raccontarvi con queste immagini* disse.

Era la *Storia della sposa dannata*.

Nella prima foto che Eugenio ci mostrò, la *Venere restaurata*, si vedeva il tronco in gesso di una donna nuda, stretto da uno spago che gli avvolgeva i seni, i fianchi e il tratto superiore delle cosce, segno di una

8

condizione di profondo disagio, di una sofferenza inaudita, evidenziata ancor più dalle ombre sinistre che la Venere proiettava sullo sfondo. Che si trattasse di una donna sposata lo si intuì dalla seconda foto: un particolare de *La sposa messa a nudo dai propri scapoli, anche (Il Grande Vetro)*, non un *ready made*, ma l'opera-chiave della ricerca artistica duchampiana, la più enigmatica.

La terza foto – il famoso orinatoio di porcellana intitolato *Fontana* – confermava la sensazione iniziale: la donna era tormentata da un bisogno incalzante, vittima di una lacerazione irrefrenabile. E che ne fosse succube, prigioniera, in modo continuo, soffocante, che l'*occhio della sua anima* fosse giorno e notte concentrato su quell'assillo, lo si deduceva chiaramente dalla quarta foto esibita, l'*Oggetto indistruttibile*, un vecchio metronomo, testimone inesorabile del trascorrere del tempo, che aveva sull'estremità dell'asticella oscillante l'immagine di un occhio tenuta ferma da una graffetta, un occhio spento, indolente, annebbiato da quel velo di tristezza che avvolge spesso lo sguardo degli alcolisti.

Le successive foto – la quinta e la sesta – rimarcavano l'angosciante situazione che la donna stava vivendo: un ferro da stiro con una serie di chiodi allineati verticalmente sulla

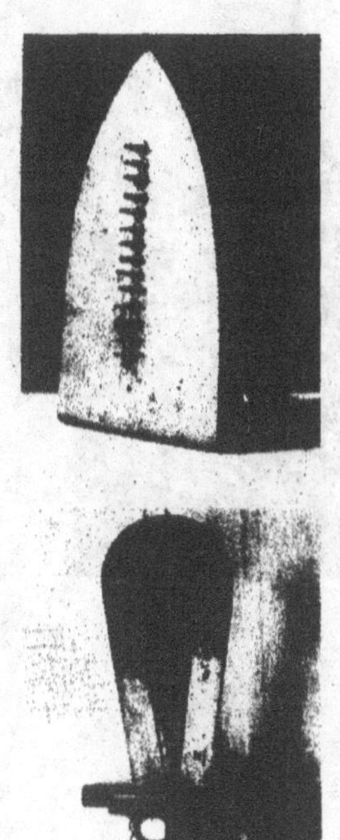

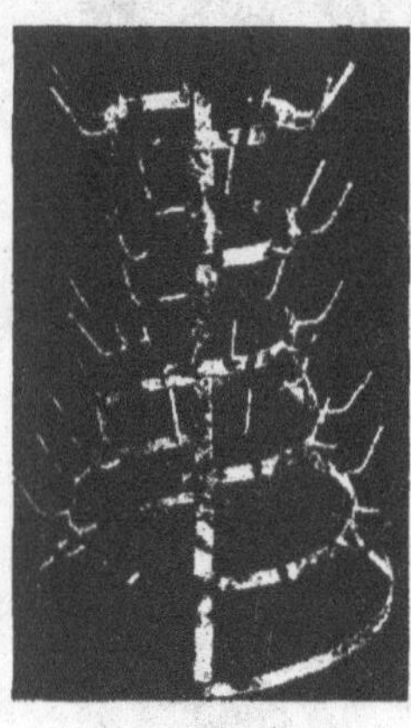

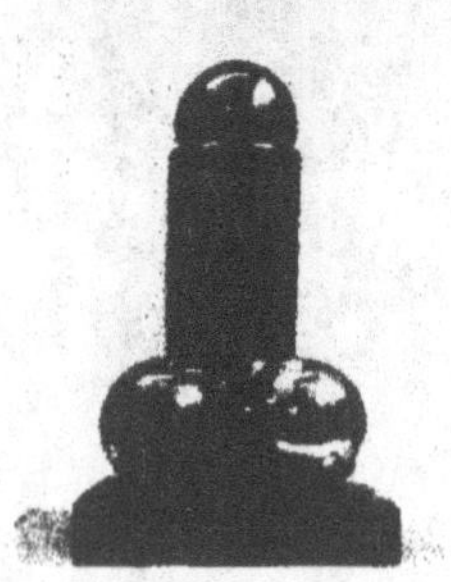

piastra (*Cadeau*) era la prova tangibile di una contraddizione che divorava la donna, di una lotta interiore simboleggiata dal contrasto *liscio-appuntito* esaltato dal ferro da stiro con i chiodi. Mentre l'altra foto – una pistola incollata alla parte inferiore di una calamita (*Compasso*) – lasciava presagire il peggio, una soluzione disperata.

Infine, quando Eugenio scoprì la settima foto, lo *Scolabottiglie*, tutti capimmo da dove aveva origine l'inquietudine della donna, il suo turbamento.

La dannazione della sposa dipendeva dall'alcol, un vizio, una dipendenza che possono farsi risalire, freudianamente parlando, a un desiderio inibito, a una pulsione erotica non soddisfatta, ipotesi che prendemmo in considerazione non appena ci accorgemmo del fermacarte dall'aspetto fallico raffigurato nell'ultima foto (*Fermacarte Priapo*).

Il gioco ci appassionò. Passammo così il resto del pomeriggio a raccontarci storie costruite distribuendo in combinazioni sempre nuove le foto dei *ready made*, finché, mentre fuori già imbruniva, non comparve la gallerista per avvertirci che era l'ora di chiusura e ci invitò gentilmente a uscire.

# Brunella Eruli
## *Rapsodia di fiori in blu*


Henrich von Ofteringen di Novalis
il duca d'Auge, Cidrolino e l'Alis
coi palafren sull'arca lascian Paris
Color di mare

Prenci, duchi, baroni, anco i visconti
si lasciano alle spalle i vecchi ponti
co' filosofi van per mari e monti
Mœsti et errabondi

Cercano un mondo nuovo celestiale
sereno, sorridente e mai fatale,
dove neppur le lacrime fan male.
Nascono fiori

Blu madonna, zaffiro e pur turchino,
indaco, vïoletto e cilestrino,
verdazzurro, celeste, oltremarino
Fiori sognati

Giaggiolo, fiordaliso, bel myosotis
fior di San Marco e fiorentina iris,
vinca, thumbergia, campanella mollis
Fiori celesti

L'emetica lobelia con il còlchicum,
la fucsia brigadoon e l'helicrysium,
il lupino, pisello, il lino autriacum,
Fiori azzurrini

Giacinto, bougainvilléa spectabilis
patiens, perle d'azur, bella clematis
di Parma, del pensar, viola gracilis
Fior cilestrini

Isabella e Veronica col teucrum
l'aurata scabia e il polemòn cœruleum
poi l'aquilegia, e l'oriental verbascum
Fiori azzurrati

Scabiosa, la wistaria sweet synensis
la matthiola, l'anemone harensis
agapanthus, callistephus chinensis
Fiori bluette

Lavandula, petunia col solanum
la specularia e l'azzurro tropaelum
l'abubiton e il grandiflor delfinium
Fiori cerulei

son la plumbago e l'hydrangea hortensis,
il rosmarino la genziana acaulis
con la lavanda, l'aster, il melanopsis
Son fiori azzurri

il convolvolo, l'indica e ipomèa
atro-cœrulea eppur purpurèa
il platycodon e la centaurèa
Fiori azzurrati

Da quella terra tiepida che dorme
e in pace sogna sorridenti forme
Queneau lo scriba traccia fatti e orme
Fiori contati

Raimondo scrive e forse Italo sogna
o è lui che scrive e l'altro è nella fogna
Lao tze è la farfalla che l'agogna
Fiori calvini

Non celeste è la quercia e manco il noce,
ma le radici sue toccan la foce
del fiume azzurro. La vita feroce
là si dissolve
nel blu del fiore
più blu

# Domenico D'Oria
## *Permutazioni bibliografiche*

| | |
|---|---|
| 1946 | Il sentiero dei nidi di ragno |
| 1949 | Ultimo viene il corvo |
| 1952 | Il visconte dimezzato |
| 1952 | La formica argentina |
| 1954 | L'entrata in guerra |
| 1956 | Fiabe italiane |
| 1957 | Il barone rampante |
| 1957 | La speculazione edilizia |
| 1958 | La nuvola di smog |
| 1959 | Il cavaliere inesistente |
| 1963 | Marcovaldo |
| 1963 | La giornata di uno scrutatore |
| 1965 | Le cosmicomiche |
| 1968 | Ti con zero |
| 1969 | Il castello dei destini incrociati |
| 1970 | Gli amori difficili |
| 1972 | Le città invisibili |
| 1977 | Il piccolo sillabario illustrato |
| 1979 | Se una notte d'inverno un viaggiatore |
| 1982 | La Vera Storia |
| 1982 | Sapore sapere |
| 1983 | Palomar |
| 1984 | Un re in ascolto |
| 1984 | Collezione di sabbia |
| 1993 | Lezioni americane |

*Il castello dei nidi di ragno*
*Ultimo viene il re*
*Il visconte inesistente*
*L'entrata argentina*
*La formica in guerra*
*Lezioni italiane*
*Il barone dimezzato*
*La vera speculazione*
*La collezione di smog*
*Il cavaliere rampante*
*Marcobario*
*La giornata di un viaggiatore*
*Le Palocomiche*
*Ti con sapere*
*Il sentiero dei destini incrociati*
*Gli amori invisibili*
*Le città difficili*
*Il piccolo sillavaldo illustrato*
*Se una notte d'inverno uno scrutatore*
*La Storia edilizia*
*Sapore zero*
*Cosmimar*
*Un corvo in ascolto*
*Nuvola di sabbia*
*Fiabe americane*

Elena Addòmine

*Lezioni italo-americane*


**Leggerezza**

Implicita, topos,
assicura l'operare con alate levità.
Verga incantata,
nido operoso.


**Lightness**

Imp – licit – atop.
O sassy cur!
A lope: rare con…
A late levy: 't aver gain!
Cant at any "Do!"
Ope ros': o!

*Sal Kierkia*
*Alluvione d'aiuole*


- Scongiurate giuramento conflittuale.
- Redarguisco auditore curialesco infeudato espugnatori pulzellaggio.
- Virtuosetta superbiosa illustrandone disturbatore proseguiva schiumogena abluzione.
- Tafferuglio coniugale equiparò salutifero preannunzio d'adulterio.
- Squinternato musicomane ubriacone congiungane suonatrice imboccature giustapposte.
- Guaritore bugiardone furoreggia riesumando cauterio reumatico.
- Umanesimo inesausto romanticume.
- Fraudolenti uccellatori sciuperanno chiesuola stop custoditela ricuperando lucernario.
- Avventurismo est pronunciare funamboliche subordinate subcontrarie.
- Musoneria consumatrice preoccupati occluderai superlativo sciacquone.
- Buonanime gaudiose concupiscenza erudivano Gaudenzio fuoriclasse dissolutezza.
- Esaurito succhiamento burattinesco acutizzerò mutazione bustrofedica cruscheggiando.
- Incensurato repubblicano scuoierà euforia educatori edulcorati et manutengoli conventuali.
- Rubricatore vulnerario neutralizzò verduraio peruviano.
- Subitaneo sensualismo speculativo occhialute oscurantiste tesaurizzò storpiature inculamento.

- Confuterai risolutezza traduzione funzionale documentari congetturali.
- Postulatrice riscuoterà persuasivo sculaccione ab tenutario cauzione.
- Gualtiero Eustachio Aurelio cum equivoca allusione seguivano bozzacchiute disoccupate.
- Farfuglione freudiano (EU grafico) squadernovvi subcoscienza.
- Entusiasmo residuato configurerà insuperato zuccheraggio.
- Guaglione fuorviate rieducano profumiera bielorussa.
- S'acquietò orecchiuta copulatrice.
- Prosciugate pecuniosa computerista.
- Giacquero sopravvenuti assessorucci vuotacessi.

# Anna Busetto Vicàri
## *Conoscenza della forma*


**I fetta**

Formaggio grasso, ottenuto con latte vaccino e ovino, di forma cilindrica, a scalzo convesso, sottoposto a pressatura manuale.

**II fetta**

Altezza 5-7 cm; diametro 12-16 cm; peso 1 kg circa. Colore bianco paglierino. Pasta molle, con alcune occhieggiature.

**III fetta**

Sapore pieno, dolce, leggermente acidulo. Maturazione ottenuta in 20-30 gg, in ambiente fresco e umido.

**IV fetta**

Tenera, all'interno. Protetta da una lieve crosta superficiale, giallina e levigata.

**V fetta**

È maturata in fretta, maneggiata da mani esperte, che l'hanno fatta piccolina e rotonda, coi fianchi morbidi.

**VIII fetta**

_del profumo di una contadinella allegra, dall'aria domenicale, salita al mercato, in città, sul carro dei buoi.

**IX fetta**

È arrivata soda e tenera, del colore di chi sboccia nel tepore primaverile.

**X fetta**

È una 'burdella', nel suo dialetto, un'adolescente ammiccante e generosa, uscita dalla custodia dei pastori.

**XI fetta**

Ritraggo la mia lama. Mi piace l'attesa. Mi fanno oscillare il suo fresco colore e il suo odore spontaneo.

**XII fetta**

Ora l'affondo, senz'affanno, nel Bel-Vedere di colei che io voglio sentire_

**XIII fetta**

_in modo da gustarla così lento che ogni parte mi duri come cento.

**XIV fetta**

Corpo amabile,
molle e candido,
umido e fertile
dolce e sapido.
Buona fonte-salata,
il cui giusto sapore
mi rende trovatore
per averla trovata.

# Giuseppe Varaldo
## *Italo Calvino in ottava*


Vicino o accanto all'avolo non-vivo
– vôta la latta, i connotati vani –,
*voilà* il nonnino volitivo, attivo:
avvinto a Viola o a caccia con i cani,          4
il noto ciclo, avviato col Cattivo,
lo colloca in nocciòli o in alti ontani.
Con i villici o l'ìnclito Contino,
con Lilin, il Cavanna o l'Antonino,          8


col convitto cattolico coi tanti
– catatonici o no accalcati là –
o tonti o nani o alalici votanti,
con Olivia caotica città:          12
con tali voci, tali volti incanti...
Il canonico o l'ovvio non ti va,
titoli alati o innovativi conî.
Con invitanti concilianti toni,          16


non coi ninnoli o il tocco concitato,
i laconici ai cinici avvoltoi,
l'antica Ottavia a Canal l'avvocato
accavalli... via via coinvolti noi:          20
nato all'Avana, ivi convolato
in anni non lontani, non ci annoi!
L'ottica laica, il colto canovaccio,
il calcolato intonaco non taccio.          24

Maria Sebregondi
*Sulla luna giraffa*

(frottole del senso assente)


Tra le dune, sensazionale svista!
Una lucciola danza trasparente,
l'effimera vuol farle un'intervista:
la ballerina è fuoco inesistente,
scoop folgorante per la sua rivista.
Cerca e ricerca il guizzo rifulgente,
ma il plenilunio abbaglia l'arrivista:
il senso è perso nel contrasto assente.

S'acquatta il gatto dal gran buio attratto,
tiepida e molle la notte avvolgente.
Aleggia scomposto un gesto distratto,
tenta distante le vibrisse attente.
Il pelo denso aspetta ora il contatto,
l'odore di carezze è onnipresente,
ma il novilunio è un risucchio intatto:
il senso è perso nell'incontro assente.

# Raffaele Aragona

*Paronomàsie*

## Ultimo viene il corno

La vita di una coppia borghese movimentata da una serie di vicissitudini e incomprensioni che culminano nella solita storia di tradimento.

## Urto in una pasticceria

Un semplice e fortuito "scontro" tra una procace dolciera e il suo datore di lavoro dà luogo a un processo e a una condanna per molestie inflitta all'innocente principale.

## L'occhio del ladrone

L'incredibile capacità di un professionista del furto nello scorgere e distinguere gioielli di valore.

## Il pensiero dei fidi di Ragno

I convincimenti e le opinioni degli appassionati delle impareggiabili gesta di Peter Parker, l'*Uomo Ragno*, sull'universo divertente e spettacolare di quel super eroe.

## Un componimento carico di granchi

Marroni a volontà: un campionario, non di dolci, ma di strafalcioni scolastici. Come a dire: la fiera delle castronerie.

## Uno dei re è ancora vivo

Il folle progetto di un'organizzazione sovversiva internazionale tendente a far cadere la monarchia nei vari

Paesi confinanti; la sua fase iniziale, che prevede l'eliminazione dei sovrani con la loro esecuzione sommaria, non riesce facilmente a concludersi.


### Dollari e vecchie mondine
Se la raccolta del riso tornerà a dover esser fatta nella maniera tradizionale, allora le mondine, quelle poche ormai rimaste, esigeranno salari salati.


### Si dorme con i cani
Le squallide notti dei punkabbestia.


### Il matto e il poliziotto
L'inseguimento tragicomico di un pazzo fuggito da un manicomio: una volta raggiuntolo, il poliziotto tenta in ogni modo di ricondurlo alla ragionevolezza.


### Ganzo con un pastore
Le insospettate manovre di avvicinamento di un giovane gay attratto dal robusto fisico di un pastore sardo.


### La mollica argentina
Una cronaca allegra delle cene nei ristoranti di Buenos Aires dove ricorre il gusto dei piatti *porteños* che utilizzano la *miga* come ingrediente principale.


### Il bisonte dimezzato
Istruzioni per la prima fase della macellazione di grossi mammiferi selvatici, come i bisonti, che si effettua prima del completo squartamento.


### Lunghi in città
Le disavventure di viaggio di un gruppo di appartenenti a una tribù della zona montana dei Watussi alle falde del

Kilimangiaro; giunti a Nairobi, non riescono a trovare nulla a loro misura.

### Il piccone comunale
Regolamento interno comunale contenente le modalità di esecuzione delle ordinanze di demolizione conseguenti ad abusi edilizi commessi nel territorio.

### La pièta nera
Un'analisi profonda del senso d'angoscia e di smarrimento paragonabile a quello che ispirò a Dante il famoso verso "la notte ch'i' passai con tanta pièta" (Inf. I, 21).

### La cera delle vespe
Un famoso etologo rivela come anche le vespe siano in grado di produrre la cera: è la prerogativa di alcuni esemplari femmine non dotate di pungiglione, le quali la secernono nei mesi autunnali, volteggiando ripetutamente in prossimità di apposite arnie.

### Il chiosco sull'autostrada
Il diario di un interminabile viaggio d'inverno da Torino verso il Sud, prima tra la nebbia, poi con la pioggia e quindi la fermata a un chiosco di una stazione di servizio con il fortunato incontro con un raggio di sole...

### La zia beona
Quello della zia Carlotta è tra i più divertenti ricordi d'infanzia: era arrivata addirittura ad avere sempre il naso rosso, proprio come quello degli ubriaconi del paese.

### L'entrata in serra
Il manuale del perfetto giardiniere: le indicazioni delle condizioni ottimali per accedere nelle serre ed effettuare ogni tipo di innesto.

*Le notti del dada-unpa*
Una commossa rievocazione dei tempi delle gemelle Kessler.


*Il cipiglio velenoso*
Un increspamento della fronte, un'espressione adirata, torva, arrogante sono a volte manifestazione di astio pungente e rancore violento.


*Un viaggio con le zucche*
Il lungo e tormentato cammino compiuto da un contadino per trasportare un carico di zucche e il loro rotolamento finale tra i banchi di vendita del mercato.


*Fiale italiane*
Un dettagliato prontuario dei prodotti farmaceutici nostrani venduti in vetro.


*La pancina*
La moda ha convinto le *teenagers* (e non solo) a lasciare scoperta la pancia: se ne vedono delle belle, ma anche delle brutte…


*Luna e cognac*
Una notte di plenilunio trascorsa raccontando storie di donne e sorseggiando del Napoléon.


*La villeggiatura in banchina*
L'estate di una famiglia di ormeggiatori, che trasformano il pontile in un vero e proprio luogo di vacanza.


*La maculazione edilizia*
Un'ampia e documentata casistica dei vari tipi di macchie e

impurità riscontrabili nei materiali per l'edilizia. La seconda parte tratta in modo approfondito i procedimenti da seguire per una valida "smaculazione".

### Il barone rombante

La storia romanzata di Manfred von Richthofen, il famoso "Barone rosso", rombante sui cieli nemici con i suoi Fokker.

### La gran donnaccia delle Antille

La vita avventurosa e vagabonda di una prostituta delle Isole Vergini.

### La nuvola di Grog

La preoccupazione dell'ammiraglio inglese Vernon soprannominato *Old Grog* perché vestito di grog (*grosgrain*): egli dispensò ai marinai rum annacquato e di tanto ebbe a pentirsi amaramente, ignorando che, nel tempo, il miscuglio (un ponce a base di rum o cognac in acqua bollente zuccherata, con scorza di limone) avrebbe portato il suo nome e sarebbe diventato un richiestissimo cocktail.

### I raccolti

Catalogo ragionato delle coltivazioni delle nostre terre.

### La collana della Giorgina

Il furto e l'immediato ritrovamento del collier di diamanti rubato alla principessina Giorgia.

### Il male dell'oggettività

Saggio sulla utilità dei giudizi parziali.

### Il cavaliere insistente

Le incalzanti gesta di un moderno don Chisciotte impegnato nel mettere ordine al caos del vivere d'oggi.

*I mostri assetati*
Vampiri della peggiore specie mietono vittime tra gli ospiti di un castello.

*Paese: essere e fare*
L'identità di un paese che cresce con la laboriosità dei suoi abitanti.

*Un cottimista in America*
Un piastrellista, emigrato negli Stati Uniti, partito da Sassuolo e… partito dal nulla, riesce costruirsi una fortuna lavorando nelle ville di Beverly Hill e finisce per sposare una diva del cinema.

*La guida al labirinto*
Una sorta di filo d'Arianna per uscire dal dedalo di un animo tormentato da incertezze e dilemmi.

*La giornata di uno scocciatore*
Il continuo darsi da fare di un terribile rompiscatole.

*Marco Baldo*
Le prodezze del giovane Marco detto "il baldo" a causa della sua eccessiva disinvoltura e sicurezza di sé.

*La città sparita nella neve*
La storia di 'Virginea', quella che sarebbe stata la cinquantaseiesima delle città invisibili, se non fosse stato proprio per una delle ricorrenti abbondanti nevicate.

*Un sabato di sole, scabbia e sogno*
Il racconto di una gita al mare rimasta soltanto un sogno, rovinata da incresciosi incidenti prodotti da quelle che sembravano semplici punture d'insetti.

*La schermata sbagliata*
L'incredibile errore di un cameraman che riprese contemporaneamente una scena nella quale comparivano insieme l'attore protagonista e la sua controfigura.

*La roggia e le foglie*
Un trattato di giardinaggio per la cura delle piante mediante l'acqua di roggia, impreziosito da appropriate citazioni poetiche in argomento come quella dei versi di Pasolini: "Le foglie dei sambuchi, che sulle rogge / sbarcano dai caldi e tondi rami".

*Marco Baldo al super racket*
Le avventure di Marco Baldo ritrovatosi coinvolto negli illeciti traffici di una potente organizzazione malavitosa.

*Il giardino dei matti ostinati*
Le imprevedibili mosse di un gruppetto di inguaribili malati di mente in giro per il parco della casa di cura.

*I tigli di babbo Natale*
Nella famiglia del contadino Natale ciascuno prediligeva una diversa essenza: il tiglio era l'albero preferito dal padre.

*L'epitesi operaia*
Tecniche innovative per la correzione di un arto difettoso in séguito a incidenti sul lavoro.

*La sostanza della luna*
Le ipotesi e le congetture sull'effettiva consistenza del nostro satellite prima del realizzarsi degli allunaggi.

*Sul far del corno*
Dei delitti e delle pene, causa ed effetti dell'adulterio.

*Un regno nello spazio*
Una storia di fantascienza che ha per protagonista una vera
e propria monarchia celeste.

*Tutto in un sunto*
Manuale per la redazione dei sommari delle pubblicazioni
scientifiche; la struttura dell'*abstract* deve essere tale da
non far comprendere immediatamente l'inutilità del
contenuto del testo che riassume.

*Senza dolori*
Vantaggi e svantaggi del parto indolore; elementi essenziali
per una valida preparazione.

*L'ozio acquatico*
Come sopravvivere a un'estate di vacanze tutto mare in
completo dolce far nulla.

*Le così comiche*
Le vicende di tre ragazze bolognesi impegnate in un festival
di riso al femminile.

*Le forme dello strazio*
Una disamina approfondita dei vari tipi di strazio che
possono affliggere l'uomo: il supplizio, il tormento, lo
strazio delle torture, quello del corpo, lo strazio del dubbio,
del rimorso; e ancora, lo strazio come fastidio, noia, seccatura,
come disastro, nullità, come sciupìo, spreco, scialo.

*Non darò più iato alle trombe*
I proponimenti di un suonatore di ottoni criticato per i
suoi prolungati stacchi di suono.

*Le carie cinesi*
I risultati sperimentali di uno studio sulla carie dentaria

effettuato su un campione significativo di cinesi in relazione alla loro abituale alimentazione a base di riso.

### *"Sì" con nero*
La felice conclusione di una contrastata storia d'amore tra una studentessa e il suo professore di colore.

### *Il rapporto con la duna*
La simbiosi continuamente ritrovata tra i carovanieri e le dune del deserto.

### *La memoria del tondo*
Il tracciamento a mano di una bella circonferenza vive ormai soltanto nei ricordi di un vecchio professore di disegno.

### *La macchia spasmodica*
Le angosce di una mamma procurate da una macchia d'inchiostro che non va più via dal grembiule del figlioletto.

### *La decapitazione dei papi*
Il tribunale dell'antinquisizione contemplava la messa all'indice dei pontefici che negavano alcune forme di eresia; la pena prevista era quella capitale.

### *Gli umori difficili*
Il male di vivere e il male oscuro: sono sempre più rare le persone serene e senza problemi esistenziali.

### *Le città invivibili*
Lo smog, i rumori, il traffico: i mali dei grandi centri impongono soluzioni necessariamente drastiche.

### *Il castello dei festini incrociati*
Balletti rosa (e anche verdi…) in un antico maniero.

*Prima che tu dica "Tonto"*
Manuale del perfetto gentiluomo ovvero come evitare di
inveire immediatamente contro gli altri.

*Ricordo di una vestaglia*
Una "indimenticabile" serata trascorsa in albergo, in
vestaglia, nell'impaziente e inutile attesa di lei.

*Piccolo sillabario stracciato*
La storia di un bambino molto discolo che si ostina a non
andare a scuola e si accanisce contro il suo primo libro (cfr.
*Come ho rotto uno dei miei libri*).

*La plus belle agrée*
L'intervista alla neo eletta "Miss France" che ha riscosso il
gradimento di tutti i giurati.

*Il figaro di Groucho*
Memorie e segreti del barbiere di Groucho Marx; fu lui ad
affibbiare a Julius Henry quel nome poiché doveva sempre
sopportare quel suo brontolare (*to grouch*) ogni volta che,
per raderlo, gli imponeva di togliersi il sigaro perennemente
stretto tra i denti.

*Se una notte d'inferno un viaggiatore*
Le tragiche avventure di un pendolare costretto in un tunnel
fino all'alba a causa di un guasto alla linea ferroviaria.

*Le corte di Bagdad*
Storie di donne irakene esonerate dalla leva militare per
l'altezza modesta.

*Malo mar*
La saga di una famiglia di pescatori di Sicilia continuamente
ferita da tragedie del mare.

*Collezioni di rabbia*
L'analisi condotta ne *Gli umori difficili* viene qui approfondita e illustrata anche attraverso una sorta di tavola sinottica degli stati d'animo collerici.


*Pietro, l'eccesso*
Le innumerevoli bricconerie di Pietro, detto Pierino (nomen omen!), ragazzino discolo oltre ogni limite.


*L'ultimo fanale*
L'illuminazione del centro storico ha dovuto cedere il posto a moderni lampioni; è rimasto soltanto un unico fanale, dimenticato o forse, chissà, a ricordo di luci complici e discrete.


*Come ho rotto uno dei miei libri*
La storia del *Piccolo sillabario stracciato* nel ricordo del protagonista ormai diventato adulto.


*Sotto il sole magiaro*
L'avventura estiva in tenda di un campeggiatore nei pressi di Budapest, sulle rive del Danubio.


*Legioni americane*
Glorie e miserie di reparti sudisti durante la guerra di secessione.


*Perché leggere i clastici*
Dalla "lettura" stratigrafica delle rocce sedimentarie è possibile risalire alla storia millenaria del nostro pianeta.


*Eredità a Parigi*
Un giovane scrittore italiano sposa una ricca ereditiera francese dalla quale riceve ben presto un cospicuo lascito.

*Fondo scritto e fondo non scritto*
Come e perché l'articolo di apertura di un quotidiano non sempre è quello che si sarebbe voluto offrire ai lettori.

# Titoli di riferimento

| | |
|---|---|
| *Ultimo viene il corvo* | (1946) |
| *Furto in una pasticceria* | (1946) |
| *L'occhio del padrone* | (1947) |
| *Il sentiero dei nidi di ragno* | (1947) |
| *Un bastimento carico di granchi* | (1947) |
| *Uno dei tre è ancora vivo* | (1947) |
| *Dollari e vecchie mondane* | (1947) |
| *Si dorme come cani* | (1948) |
| *Il gatto e il poliziotto* | (1948) |
| *Pranzo con un pastore* | (1948) |
| *La formica argentina* | (1952) |
| *Il visconte dimezzato* | (1952) |
| *Funghi in città* | (1952) |
| *Il piccione comunale* | (1952) |
| *La pietanziera* | (1952) |
| *La cura delle vespe* | (1953) |
| *Il bosco sull'autostrada* | (1953) |
| *L'aria buona* | (1953) |
| *L'entrata in guerra* | (1953) |
| *Le notti dell'Unpa* | (1953) |
| *Il coniglio velenoso* | (1954) |
| *Un viaggio con le mucche* | (1954) |
| *Fiabe italiane* | (1956) |
| *La panchina* | (1956) |
| *Luna e Gnac* | (1956) |
| *La villeggiatura in panchina* | (1956) |
| *La speculazione edilizia* | (1957) |
| *Il barone rampante* | (1957) |
| *La gran bonaccia delle Antille* | (1957) |
| *La nuvola di smog* | (1958) |
| *I racconti* | (1958) |

| | |
|---|---|
| *La collana della regina* | (1958) |
| *Il mare dell'oggettività* | (1959) |
| *Il cavaliere inesistente* | (1959) |
| *I nostri antenati* | (1960) |
| *Pavese: essere e fare* | (1960) |
| *Un ottimista in America* | (1961) |
| *La sfida al labirinto* | (1962) |
| *La giornata di uno scrutatore* | (1963) |
| *Marcovaldo* | (1963) |
| *La città smarrita nella neve* | (1963) |
| *Un sabato di sole, sabbia e sonno* | (1963) |
| *La fermata sbagliata* | (1963) |
| *La pioggia e le foglie* | (1963) |
| *Marcovaldo al supermarket* | (1963) |
| *Il giardino dei gatti ostinati* | (1963) |
| *I figli di Babbo Natale* | (1963) |
| *L'antitesi operaia* | (1964) |
| *La distanza della luna* | (1964) |
| *Sul far del giorno* | (1964) |
| *Un segno nello spazio* | (1964) |
| *Tutto in un punto* | (1964) |
| *Senza colori* | (1964) |
| *Lo zio acquatico* | (1964) |
| *Le cosmicomiche* | (1965) |
| *La forma dello spazio* | (1965) |
| *Non darò più fiato alle trombe* | (1965) |
| *La cariocinesi* | (1967) |
| *"Ti" con zero* | (1967) |
| *Il rapporto con la luna* | (1967) |
| *La memoria del mondo* | (1968) |
| *La macchina spasmodica* | (1969) |
| *La decapitazione dei capi* | (1969) |
| *Gli amori difficili* | (1970) |
| *Le città invisibili* | (1972) |
| *Il castello dei destini incrociati* | (1973) |

| *Prima che tu dica "Pronto"* | (1974) |
| *Ricordo di una battaglia* | (1974) |
| *Piccolo sillabario illustrato* | (1977) |
| *La poubelle agrée* | (1977) |
| *Il sigaro di Groucho* | (1977) |
| *Se una notte d'inverno un viaggiatore* | (1979) |
| *Le porte di Bagdad* | (1981) |
| *Palomar* | (1983) |
| *Collezioni di sabbia* | (1984) |
| *Dietro il successo* | (1984) |
| *L'ultimo canale* | (1984) |
| *Comment j'ai écrit un de mes livres* | (1984) |
| (Come ho scritto uno dei miei libri) | |
| *Sotto il sole giaguaro* | (1986) |
| *Lezioni americane* | (1988) |
| *Perché leggere i classici* | (1991) |
| *Eremita a Parigi* | (1994) |
| *Mondo scritto e mondo non scritto* | (2002) |

# Glosse

Elena Addòmine, *Lezioni italo-americane*

Si tratta contemporaneamente di una traduzione omografica e di un acrostico onomastico (in italiano, la lettura delle iniziali delle parole producono il nome 'Italo Calvino'). La leggerezza è vista come *topos* letterario che assicura all'artista la produzione di capolavori magicamente lievi. È anche metaforicamente intesa come bacchetta magica per l'artista, un nido di potenzialità.
La sequenza delle lettere usate nella poesia italiana viene spezzata per generarne un'altra in inglese. Nella versione anglofona, essa celebra la Leggerezza (*Lightness*) come diabolica (*imp*), impertinente (*sassy*) imposizione (*levy*) che balza (*lope*) e raggira (*con*) l'artista nel suo tentativo di seguirla. La restrizione spinge (*cant*) ogni qualvolta l'artista s'accinge (*at any "Do!"*) all'opera. Ma alla fine s'apre (*ope*) come una rosa.

Sal Kierkia, *Alluvione d'aiuole*

I "telegrammi", dedicati a Italo Calvino, autore delle *Aiuole per Queneau*, sono "panvocalici"; ciascuno di essi, cioè, è costituito da parole nelle quali le cinque vocali compaiono tutte ed una volta sola. Sono in tutto 24, come doveva essere, poiché 'ventiquattro' è numero eccezionalmente panvocalico.

Anna Busetto Vicàri, *Conoscenza della forma*

Calvino nutriva una vera passione per la caciotta di Urbino.
Quando riceveva la forma la affettava con entusiasmo e attenzione, e ogni fetta in cui la divideva ne moltiplicava in

lui la conoscenza, amplificando le percezioni olfattive e gustative, aggiungendo al sapere oggettivo immagini della memoria e della fantasia, delle quali lui stesso per primo si stupì.

Questo testo descrive quei momenti ed è costituito, appunto, di fette, che da "tecniche" si fanno via via più "immaginifiche". Fino all'ultima fetta, che si presume contenga un'approfondita conoscenza poetica della caciotta.

Giuseppe Varaldo, *Italo Calvino in ottave*

La *contrainte* è quella de *les beaux présents*: le tre ottave, scritte utilizzando soltanto le otto diverse lettere del nome 'Italo Calvino', sono riferite a lui e alla sua opera. La scelta del metro ha due ragioni: innanzi tutto per un omaggio alla ben nota ammirazione di Calvino per l'*Orlando furioso*; in secondo luogo perché anche la parola 'ottava' e quindi l'espressione 'in ottava' sono ottenibili con le stesse lettere.

1-6:    I primi sei versi si riferiscono al «noto ciclo» de *I nostri antenati* (da cui gli scherzosi epiteti «avolo» e «nonnino»): nell'ordine vengono citati il *cavaliere inesistente* Agilulfo (con l'aggettivo «vani» nel senso letterario di "inconsistenti", "incorporei"), il *barone rampante* Cosimo Piovasco e *il Gramo* (qui «il Cattivo»), vale a dire la metà cattiva del *visconte dimezzato* Medardo.

7:    Ulteriore allusione a *I nostri antenati*: in tutti e tre i romanzi sono presenti numerosi «villici», per lo più anonimi, mentre nell'affollato e variegato *entourage* di Cosimo Piovasco c'è pure il Contino d'Estomac.

8:    Lilin, il professor Cavanna e Antonino Paraggi sono tutti personaggi de *Gli amori difficili*.

9-11:    Il «convitto cattolico» è il Cottolengo de *La giornata di uno scrutatore*. E gli 'alalici' sono i soggetti affetti da 'alalia', cioè mutismo dovuto a lesione cerebrale.

12:     Olivia è una de *Le città invisibili*, come l'Ottavia del verso 19.

15:     Un buon esempio di «titoli alati», cioè lirici, è a giudizio dell'Autore, *Il sentiero dei nidi di ragno*, mentre sono certo «innovativi» i titoli *Ti con zero* e *Se una notte d'inverno un viaggiatore*.

18-19:  Tra i non pochi «laconici» calviniani spicca soprattutto il Signor *Palomar*, protagonista dell'omonimo romanzo. Alla categoria dei "cinici avvoltoi" va invece ascritto senz'altro il costruttore Caisotti de *La speculazione edilizia*, che annovera tra i suoi personaggi anche l'avvocato Canal.

21-22:  Come è noto, Calvino nacque, nel 1923, all'Avana (in un sobborgo della capitale cubana), dove pure si sposò nel 1963 («convolato in anni non lontani»).


Maria Sebregondi, *Sulla luna giraffa* (frottole del senso assente).

Su uno dei tavoli incompiuti di Calvino resta una silloge di racconti sensoriali, pubblicata postuma con il titolo *Sotto il sole giaguaro*. Tre storie dedicate, nell'ordine, all'olfatto, al gusto, all'udito. La vista, il tatto e altri sensi possibili sono rimasti a volteggiare sul tavolo senza avere il tempo di distillarsi in scrittura.

*Sulla luna giraffa. Frottole del senso assente*, è un omaggio in due ottave (con ammicco ariostesco) ai sensi mancati (*les beaux absents*) che echeggiano nelle rime (ABABABAB//CBCBCBCB).


Raffaele Aragona, *Paronomàsie*

83 titoli calviniani, ordinati cronologicamente, sono "trasformati" attraverso la figura della paronomasia.

www.ingramcontent.com/pod-product-compliance
Lightning Source LLC
LaVergne TN
LVHW031437170726
843492LV00010B/3039